ADIVINA... ¿Quién soy?

Me encanta cocinar diferentes platillos.

RETO 1

¿Cuáles de estos alimentos comemos generalmente en el desayuno?

Trabajo en la cocina de un restaurante.

RETO 2

Menciona cuáles de estos aparatos necesitan electricidad para trabajar.

Uso un gorro y un traje que se llama filipina.

RETO 3

¿Qué forma tienen los botones de la filipina?

Empleo muchos instrumentos para trabajar.

RETO 4

Observa con atención y descubre cuántos utensilios sirven para cortar. ¡Cuéntalos!

Me encargo de elegir alimentos que estén frescos y que tengan calidad.

RETO 5

Señala todos los productos que se obtienen de los animales.

Soy muy creativo e invento platillos nuevos.

RETO 6

¿Qué les hizo a los alimentos?

¿Adivinaste quién soy?

¡Sí, soy un chef!

Señala la respuesta correcta.

Utensilio que ayuda al chef a servir la sopa.

¿Qué utiliza el chef para calentar la comida?

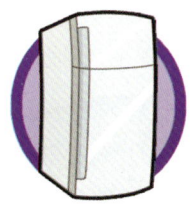  

Son frutas.